D1995491

NICHTS
IST ZU ENDE
GESAGT

NICHTS
IST ZU ENDE
GESAGT

Von Augenblick zu Augenblick
Worte und Bilder

Christamaria Schröter

Christusbruderschaft

… und ER fragte: Was willst du? …

Ich will mit Dir
Gott
den Tag verbringen:

Im Umgang mit anderen –
aber ganz innen
mit Dir
und nur so
auch gegenwärtig

Ortsbegehung
Jeden Tag mit Dir
einen – meinen Ort
finden

Ich will einen Menschen sehen lernen

der Mensch
eine Geschichte
ein Allein-Gott-Gegenüber
wie am Anfang der Schöpfung

Zwei geschlossene Augen
schauen

Unantastbares Sein

Es tagt
im Gesicht
jene kleine Ruhe
Sabbat
aus der Zeit da Gott sagte: Es ist gut

Ein Mensch – ohne Worte

– ein Horizont
fließendes Licht
Von der Höhe dieser Stunde
zur Nähe des Sterbens
Schritte   – ich höre
wie die Zeit mich durchschreitet

– ein Zimmer
mit verzweigten Formen
ein Wasserfall aus Stille
Der Mond streut manchmal Licht –
Wahrheit – die gewünscht wird?

Ein Mensch
viele Schichten
von Stunde zu Stunde veränderbar
unfaßlich
nicht einzuordnen
Ich sollte mich hüten zu sagen: Er ist so ...

Der Mensch – Ebenbild Gottes!

Kann ich Gott je begreifen?
Kann ich den Menschen begreifen?

Ich will versuchen
ihn zu sehen als ein Geheimnis

NACHDENKLICHES 1990
SR. CHRISTAMARIA

Ich will sprechen lernen mit den Menschen

das Leben einsammeln
überall
wo ich es finde
auf allen Wörtern
und dazwischen   wo Wort gegen Wort steht
Das Ungesagte
darf ich einbeziehen
und mir erlauben
ins Herz der Zukunft zu träumen

Wir gehen leise aufeinander zu
Wir sind auferstandene Menschen

So vieles bleibt noch zu sagen

Ich habe mich entschieden
im Gespräch zu bleiben mit den Menschen

im Miteinander:
ein Geradeaus
eine Biegung
ein Oben und Unten

Unberechenbares
werde ich einplanen lernen:
allmähliches Zurückweichen
langsames Sichtbarwerden
in bekannten
und nicht bekannten Räumen

Ich will nicht vergessen
daß mein Dabeisein auch eine Spur legt
Ich bin

Ich bin nicht irgendein Wind   oder ein Regen
der Worte wegnimmt
davonträgt

Und das Lähmende?

Augen die aushorchen
Blicke die festlegen
Stimmen die sich ineinander verirren
sich überschlagen
aufschlagen
ausschlachten
Stimmen die erstarren
zu Starraugen werden
erstarrtes Starrendes
Versteinertes

Ich verstehe nichts mehr
ich sehe nichts mehr
ich bin eingefangen
Mit einem Blick fing es an

In Bewegung will ich bleiben
eine wandernde Insel mit Dir

Eine Handvoll Worte will ich wagen
kleines Hin   kleines Her
dazwischen die Frage
die Angst des Ankommens
zögernde Angst
zögernde Frage
verzögerte Antwort
Umweg-Antwort
die Unsicherheit im Meer der Gesichter
im Vorbeischauen   Einschauen
Hinhören
im Sichbewegen   Schweigen
Eintreten

Versuchte Antwort mit Dir:
ich bleibe

Hörst Du?

Unverhoffte Strömungen im Gespräch
will ich bejahen   sie können
Verlorengegangenes wieder aufheben
verstecktem Unterton auf die Spur kommen
oder ein kleines Lachen hervorrufen
das zum Zuhören notwendig ist

Ich will mich öffnen im Gespräch
mich auf wesentliche Dinge konzentrieren
und dabei beachten   ob sie nicht in sogenannten
Nebensätzen aufzuspüren sind
in Augenblicksworten
oder vorgestellten Wortlandschaften
in allem   was über den Weg läuft

Überall Anstöße

Ich will verschließen können ohne zugeschlossen
zu sein   Mit gutem Recht kann ich etwas für
mich behalten   etwas wie ein Geheimnis in mir
tragen   etwas wissen und nicht von mir geben

Nicht alles muß ausgetauscht werden

Ich will im Gespräch den anderen ausruhen lassen
ihn stützen – ohne Kommentar

Ich will mit Botschaften umgehen lernen:

mit Botschaften um mich herum
mit Botschaften aus Masseninstrumenten
aus Sprachhämmern und Flimmerröhren
aus der Luft
mit Botschaften   ganz dicht an mein Ohr geschoben
Vielhändig schlagen sie die Trommeln
umkreisen   lassen nichts aus

Auf meiner Haut vibrieren Meldungen aller Art
Sie werfen sich über mich wie unsichtbare
Fäden   Kaum merke ich die Vernetzung in eine
andere Wirklichkeit   wo sich Punkte ineinander
verschieben   ausgelöst durch Botschaften
die ständig auf mich einwirken

Botschaften die zu mir durchkamen
lege ich zusammen
mit Dir
Es gibt hier etwas das von der Außenfläche
vordringt in die Tiefe –
es läßt sich nicht mehr fassen

Da ist meine Grenze meine Ohnmacht
meine Schwäche

Ich atme Deinen Namen Du
weißt alles Grenzen werden
dehnbar wenn Luft hereinkommt
Die Dinge lassen sich schieben
ansehen
und verabschieden
wenn es dran ist

INS BLAUE VERLOREN 1990
SR. CHRISTA MARIA SCHRÖTER

Immer wieder begegnen mir
Nachrichten von Zerstörungen
heimliche Zusammenbrüche
Verletzungen von Beziehungen
Friedhöfe von Namen
Das ständige Auf und Ab von Vertrauen – Mißtrauen
von Liebe und Haß

Worte   Bilder   Bewegungen   alles ist geladen
mit Botschaften
Selbst ein leises Achselzucken oder eine schiefe
Mundfalte

Was sind das für Meldungen?
Woher?
Von wem?
Ich werde nicht gefragt
ob ich das alles empfangen will
aber ich kann mich entscheiden
mit Dir zu empfangen
zu behalten
zu verarbeiten
weiterzugeben
herauszuwerfen
auszuspucken

Auf keinen Fall will ich eine undurchdringliche und
unverwundbare Mauer werden
Ich will
mit Dir
im Gewirr der Wörter leben
sie mit Dir sortieren
Ich will nicht darin versumpfen

Worte sind verdaulich und unverdaulich
Nahrungsmittel?
Ich kann mit ihnen umgehen
und wo ich – versehentlich oder unversehentlich –
Gift schluckte
wirst Du mich nicht daran sterben lassen

An jedem Tag
zur geeigneten Stunde
will ich das Feld verlassen
Rückzug halten
mit Dir vom Übergang reden
von der Zeit
von der Dämmerung
von Gesehenem und Gehörtem
von Vergangenem und Zukünftigem ...

Ich werde eine Tür zuschließen
einen Sack vor Dir ausschütten
einen Strich ziehen –

Ich will alles tun
um von Wichtigkeiten nicht überhaust zu werden

Es kann sein
daß ich dann immer wieder daneben stehe
zurückgeworfen   verunsichert   oder wie weggenommen

ich kann auf Dich warten

Verdächtigungen sind ein übler Geruch
in einer Gemeinschaft von Menschen
Da ist Wut nicht faßbar
Sie fließt
über die Kanten
von vielen Tischen
...

Fließende Formen
Flüssige Sitzungsformen
Formen ohne Inhalt
Inhalt ohne erkennbare Formen
Formloses   Flüssiges   Zerfließendes ...

An diesen Tischen mag ich nicht essen

Aber ich entscheide mich mit Dir
Dein Brot darauf zu stellen –
dennoch ...

Menschen in Gemeinschaft
sind unübersichtlich

Ich kann keinen Überblick bewahren
und will mich darauf einlassen
kleine Über-Blicke immer wieder zu verlieren
Es kann kalt werden
Kälte überwinden bedeutet
den eigenen Kamin heizen   Du sagst:
Laß das Feuer auf dem Altar brennen!
Du – das Feuer   ich – der Altar
Wir beide
Wärme die gegen Kälte ankommt

Im Verlust des Überblicks
im Nichtwissen wo alles endet
habe ich mich entschieden mit Dir zu bleiben

IM FEUER FANG ICH WIEDER AN 1990
SR. CHRISTA MARIA OSB

Was sind das für Aggressionen
die in Selbstgesprächen landen?

Wovor habe ich Angst?

Ein Mund voller Steine
fällt mir ins Wort
Ein Nicht-Dürfen zwingt mich
ich bin versucht so zu werden
wie ich nicht sein will:
zurückgenommen
ohne Sprache
mit einer zerstörerischen Traurigkeit

Ich will Du sagen – nur das –
auch wenn ich Dich nicht sehe

und Dich finden

Mögen die Wellen hochgehen
zurückrollen
Blicke von unten

Ich halte inne

Die Flut
in der ich scheiterte
überholt mich
wie eine Wolke

Schon bricht das Land durch
der Weg

die Verwandlung

Ich erkenne Dich
zuerst –
und danach

Zuerst:

Ausgefahrene Antennen
ausgefahrene Gesichter
abgeschlossener Mund hinter dem Wort
Dammbruch einer Stimme
Zeitzünder   Wortzünder
Angstzünder
Unsicherheitsgranaten
Explosion der Erinnerung
der verinnerten Einzelung
Reizfragen unausgesprochener Konflikte
Störfeuer an freundlichen Mienen vorbei
Mienenfeuer
Minenreiz
erstarrte Mineralien
flüssig gemacht im Zorn
der nach innen frißt
schwelende Lava
schwarz
Trauerterror

Danach:

Eingefahrene Antennen
aufgehaltene Gesichter
gefüllter Mund nach der Obenöffnung
Stimmquelle mit Rückbindung an die Stille
Zeitzünder   Wortleuchter
Raumerweiterer
Lebenszeichen auf dem Winterfeld
mit dem Energiestrom verschiedener Gewißheiten
durchgewärmte Erinnerung
aufgeblüht
zur Einschiffung der Tagesszenen
zur Entlassung der Nachtszenen
Hell das Staunen in Fenstergesichtern
Strahlenbündel der Leichtigkeit
zum Atmen   Freude
die nach innen und außen trägt
Freiheit
weiß
Gesang

Ich habe mich entschieden
in einem Land der Spannungen
bewußt
zu leben

Menschen –
ich mitten drin –
fragen nach Hoffnung
Zukunft
Vätern
Müttern
Wurzeln ...

Immer wieder Mauern
Greifen nach Überschaubarem – ins Leere ...

Gepflegte Traurigkeiten
(gewalt)tätige Verzweiflungen
stimmloser Haß
Aufruhr der gelähmten Hände
gezähmte Häuslichkeit ...

Ich will es mit Dir wahrnehmen
nicht ausweichen

horchend auf Dich

Ich habe keine Berufung glücklich zu sein
wo das Leben der Menschen im Unglück liegt

Aber ich bin lebendig
ich wurde lebendig gemacht
ich will lebendig bleiben

Das ist mehr als glücklich sein

Ich will nicht warten auf das
was mir von außen gegeben wird
was sich mir aufdrängt
was unauffällig kommt   und sich in meine Adern frißt
bis ich von einer fremden Blutbahn gelenkt
eine andere werde
so   wie man will   daß ich sei

Ich will mir nicht fremd werden
nicht ohne eigenen Antrieb dazugehören
Ich will von Dir bewohnt sein
und mit Dir wohnen

Ob ich durch Gedanken wandere
ob ich sitze
mich sitzen sehe
aufstehe
ob ich durch das Fadengewirr der Gespräche
gehe
Dein Name geht mit mir um:
mein innerster Ort
meine Bleibe
Du sitzt in mir   ich entrinne Dir nicht
Du besitzt mich
Du wohnst in mir
ich bin die Bewohnte

Ich kann aufstehen
mich um mich selbst drehen
kreisend alle Horizonte verlieren
auftauchen   untertauchen ...
es ist in mir:

Dein Name
Dein Ort
mein Bewohntsein

Ich will eingefrorene Bewegungen auftauen lassen
Das Leben ist voll davon

Entfernungen schreiben sich aus
Sandbriefe
mit Sand innen drin
Geräuschbriefe
Sandgeräusche
Ich höre nichts
vor lauter Sand ...

Gedanken nageln fest
Warum bin ich so betroffen?
Weil ich abwesend bin

Ich erschrecke über mich selbst:
ich will den anderen übertreffen
abwehren
ihn mit Gedanken entsichern
als wäre er ein Maschinengewehr
Ich will mich freuen
wenn er sich ängstlich hinter ein Gebüsch versteckt
dann werde ich mich aufrichten
mit kleinen Worten
betont sagen:
Ich bin gar nicht so dumm

Immer wieder diese Sitzungen
an zu großen Tischen
wo man nicht mehr sagt was man denkt

Ich will das Kind sein   das geradewegs spricht

O diese Eiertanz-Situationen
wo alles in mir erstarrt –

Ich will mich an Dich erinnern
wie Du damit umgegangen bist
und will von Dir lernen

Du hast zugelassen
zum Herzen gesprochen
Antwortenden Fragen gestellt
und in der Reinheit Deiner Gewitter
wurden Umrisse scharf

Du hast auch geschwiegen

SCHENK MIR EIN WORT 1990
SR CHRISTA MARIA

Ich will etwas Stilles in mir tragen

Zwischen den Worten leben
um in einem Wort anzukommen

Ein Wort wie ein Schiff anfahren lassen
darin wohnen   bewohnt sein

Pfeilerstark werden
In der Horizontlosigkeit stark werden

Eine Linie ziehen   eine Pause setzen
ein Schweigen hörbar machen

Das Wesentliche sehen   einschätzen   messen ...
daran wachsen

An ein Ende kommen ...

Das Gitter-Wort öffnen
von Wörtern verlassen zur Sprache finden

Wieder neu anfangen
Etwas Stilles in sich tragen –

Stille austragen

Du
bist den Stufen meines Schweigens
nah
wo ich verloren ging

Eine Helligkeit   eine stärkere
nimmt mich
Der Raum wird größer
als wiche der Himmel zurück
um sich zu offenbaren
als Gegenwart

jetzt und in diesem Augenblick ...

Nichts ist zu Ende gesagt

Biografie

Christamaria Schröter	geboren in Breslau (Wroclaw), aufgewachsen in Schlesien und Oberfranken, lebt, malt und schreibt heute in dem evangelischen Orden der Christusbruderschaft Selbitz. Sie studierte Architekturmalerei an der Akademie der Bildenden Künste in Nürnberg, zuletzt in der Meisterklasse von Professor Otto-Michael Schmitt. Seit 1968 arbeitet sie frei und nach architekturgebundenen Aufträgen: Glasfenster, Mosaiken, Meditationstafeln, textile Malereien u. a
Einzelausstellungen	in München, Nürnberg, Strasbourg, Paris, Beirut, Kaslik (Libanon), Coburg, Tübingen, Bremen, Hamburg, Fulda ... und bei Kirchentagen in Frankfurt am Main, Berlin, Essen, München.
Mitgliedschaft	bei der »Deutschen Gesellschaft für Christliche Kunst«, der »Societé internationale des artistes chrétiens« und bei dem »Internationalen Seminar für Moderne Kunst und Kunstwissenschaft, Wimmerhof e.V.«

Sr. Christamaria Schröter setzt sich auseinander mit der Beziehung Gott – Mensch heute: In welchem Zustand ist diese Beziehung? Wie kann sie gelebt werden in den vielschichtigen Bereichen des Menschseins?

Bibliografie

Bisher veröffentlicht wurden:

ES WIRD EIN TAG SEIN	Lyrik, Malerei Christusbruderschaft Selbitz 1979
GEHEIMNIS DES GLAUBENS	Meditationszyklus zum Nicänum in Bildern und Texten Christusbruderschaft – Casteller Ring 1982
ALTÄRE DES LEBENS – ABRAHAM	Lyrik, Malerei Präsenz-Verlag Gnadenthal 1990
HEILUNGSRÄUME – DORT WO DER HIMMEL LICHT VERGOSSEN HAT	Gedichte, Prosatexte, Malerei Aufzeichnungen aus der Werkstatt Christusbruderschaft 1992
WO IST MEINE ZIEGE? ICH WILL MIT IHR STREITEN	Lyrische Aufzeichnungen, Malerei Christusbruderschaft 1993
Kunstkarten, Kartenserien mit lyrischen Texten:	GESCHAUTES LEBEN, DIE ICH-BIN-WORTE, WEGE DES GLAUBENS, BEWOHNTE WÜSTE, VERSCHENKTES LICHT u. a.
Großformatige Kunstdrucke:	VOGELPREDIGT, TOR, BEWEGUNG ZUR MITTE u. a.

Die Texte		die Bilder
Und ER fragte: Was willst du? Lukas 18	5	
Ortsbegehung	7	
Einen Menschen sehen lernen	8	
	11	Nachdenkliches
Sprechen lernen	12	
Botschaften	19	
	21	Ins Blaue verloren
Rückzug	24	
Verdächtigungen	26	
Verlust des Überblicks	28	
	29	Im Feuer fang ich wieder an
Wovor Angst?	30	
Verwandlung	31	
Land der Spannungen	34	
Bewohnt sein	37	
Warum betroffen	39	
	41	Schenk mir ein Wort
Etwas Stilles ...	42	
Nichts ist zu Ende gesagt	43	
Biografie	44	
Bibliografie	45	(Originale 23,8 x 17 cm, Mischtechnik)

Impressum

Die Deutsche Bibliothek – CIP-Einheitsaufnahme

Schröter, Christamaria:
Nichts ist zu Ende gesagt : von Augenblick zu Augenblick ; Worte und Bilder / Christamaria Schröter. – Selbitz : Christusbruderschaft Selbitz, Buch- und Kunstverl., 1993
ISBN 3-928745-74-3

Buchdesign Manfred Wutke, Nürnberg

Reproduktionen System-Repro, Reutlingen

Satz und Druck Grafische Werkstätte der Gustav Werner Stiftung, Reutlingen

Buchbindearbeiten Realwerk G. Lachenmaier, Reutlingen

Printed in Germany

Die Bilder auf den Seiten 11, 29 und 41 sind auch als Kunstkarten im Verlag der Christusbruderschaft erschienen.

ISBN 3-928745-74-3